Bulldogs franceses

Grace Hansen

Abdo

PERROS

Kids

abdopublishing.com

Published by Abdo Kids, a division of ABDO, P.O. Box 398166, Minneapolis, Minnesota 55439.

Copyright © 2017 by Abdo Consulting Group, Inc. International copyrights reserved in all countries. No part of this book may be reproduced in any form without written permission from the publisher.

Printed in the United States of America, North Mankato, Minnesota.

102016

012017

 THIS BOOK CONTAINS RECYCLED MATERIALS

Spanish Translator: Maria Puchol

Photo Credits: iStock, Shutterstock, Thinkstock

Production Contributors: Teddy Borth, Jennie Forsberg, Grace Hansen

Design Contributors: Dorothy Toth, Laura Mitchell

Publisher's Cataloging-in-Publication Data

Names: Hansen, Grace, author.

Title: Bulldogs franceses / by Grace Hansen.

Other titles: French bulldogs. Spanish

Description: Minneapolis, MN : Abdo Kids, 2017. | Series: Perros. Set 2 |
    Includes bibliographical references and index.

Identifiers: LCCN 2016947990 | ISBN 9781624027017 (lib. bdg.) |
    ISBN 9781624029257 (ebook)

Subjects: LCSH: French bulldog--Juvenile literature. | Spanish language
    materials--Juvenile literature.

Classification: DDC 636.72--dc23

LC record available at http://lccn.loc.gov/2016947990

Contenido

Bulldogs franceses

En inglés a estos perros también se los llama "Frenchies". Son dulces y bonitos.

4

Los bulldog franceses son pequeños pero **robustos**. Tienen las patas fuertes. Las patas **traseras** son más largas que las delanteras.

La cabeza del bulldog francés es cuadrada y grande. Tiene la cara redonda y chata. Su **hocico** es corto y arrugado.

9

Los bulldog franceses tienen los ojos redondos. ¡Sus orejas son redondeadas y paradas!

El pelo de los bulldog franceses es corto y brilloso. Estos perros pueden ser de muchos colores. Muchos tienen **marcas**.

13

Cuidados y ejercicio

Es fácil cuidar a los bulldog franceses. Sólo hay que cepillarlos una vez por semana. Es importante también limpiar entre las arrugas de la cara.

14

15

El bulldog francés no necesita mucho ejercicio, una caminata **rápida** es suficiente.

16

A los bulldog franceses les resulta difícil respirar cuando hace calor. Si es un día muy caluroso deben jugar adentro.

18

Buenos compañeros

A los bulldog franceses les encanta divertirse y jugar. También les gusta estar con sus dueños. ¡Son buenos amigos y protectores de su hogar!

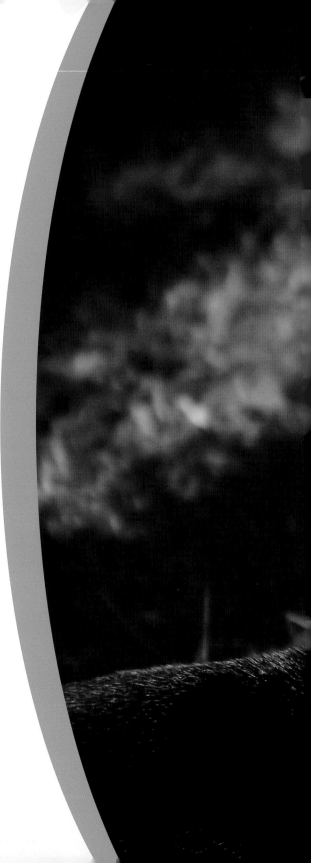

Más datos

- Los bulldog franceses son conocidos por sus bufidos. Hacen ese ruido porque tienen el hocico chato.

- La cola de estos perros puede ser de muchas formas y tamaños. Algunas son muy cortas, otras más largas. Algunas son rectas, otras son curvas.

- Originalmente este perro es de Inglaterra, no de Francia. Sin embargo, este sociable perrito se hizo muy popular en Francia. Por eso le pusieron el nombre de este país.

Glosario

hocico – parte de la cara de un perro, incluye la nariz y la boca.

marcas – mancha o dibujo en el pelaje de un animal, en sus plumas o en la piel.

rápido – enérgico.

robusto – de construcción fuerte.

trasero – parte de atrás.

23

Índice

abdokids.com

¡Usa este código para entrar en abdokids.com y tener acceso a juegos, arte, videos y mucho más!

Código Abdo Kids:
DFK5161